바람이 걸어온 자리

글·그림 최민진

여행의 길을 헤아린다.
풍경 속으로 열리는 길 그 너머,
시간의 흔적이 품는 이야기 비추어 모아
흐르는 길에
한 줌의 기억을 그린다.

브런치 brunch.co.kr/@edithstein
인스타그램 @choi.min.jin_

바람이 걸어온 자리
비우고 바라보고 기억하는 나의 작은 드로잉 여행

1판 1쇄 발행   2024년 5월 1일

지은이   최민진

펴낸곳   책과이음
대표전화   0505-099-0411
팩스   0505-099-0826
이메일   bookconnector@naver.com
출판등록   2018년 1월 11일 제395-2018-000010호

홈페이지   https://bookconnector.modoo.at/
페이스북   /bookconnector
블로그   /bookconnector
유튜브   @bookconnector
인스타그램   @book_connector
독자교정   김수민 김은지 전현옥

책값은 뒤표지에 있습니다.
잘못 만들어진 책은 구입하신 서점에서 교환해드립니다.

ISBN 979-11-90365-63-5 03810

책과이음 : 책과 사람을 잇습니다!

바람이 걸어온 자리

비우고 바라보고
기억하는
나의 작은 드로잉 여행

최민진 글 · 그림

책과이음

산 너머 호수는 들길로 스며
맑은 빛 어린 고요를 실어옵니다.
풀바람 번져와 길을 비춥니다.
옛터의 부서진 돌과
수없는 발자국 저무는 들판을 건너,
삶의 한가운데로 솟구치던 물길의 적막에
머물다 떠납니다.
눈 덮인 산에 내려앉은 어스름과 함께
길 위의 집으로 향합니다.

먼 시공을 불러와 펜을 듭니다.
스쳐 지난 길로
조금의 낯섦을 찾아 나섭니다.
물러나 바라보는 거리가 흘러옵니다.
자연의 빛이 품는 소리와
마을이 들려주는 이야기에 닿으려

오랜 시간의 흔적을 비추어 담습니다.
걸어온 내 안의 시간을 밖으로 잇는
길 한 갈래를 더합니다.
선을 잇고 붓을 스치며
스스로 번져 어울리는 작은 세계가
흐르는 길에 기억을 짓습니다.

비워 그린 풍경에
누군가의 추억 하나 닿으면 좋겠습니다.
함께 걷는 가족과
그림을 찾아 공감해준
다정한 독자들에게 고마움을 전합니다.

· Contents ·

소란한 마음에 이는 바람

PART 1

사소한 거리들의 인상

한 그루 빈터

비 젖은 나무가 잎을 떨군다.
지나는 이 발길에
오그라든 잎 부서져 흩어지고,
붉은 잎 하나 내려앉는다.
나무가 거리를 내려다본다.
온몸으로 차가움 맞으며
다가올 시간의 터를 비운다.
거리에 서서
한 그루 빈터를 옮겨 심는다.
봄이 조용히 깃든다.

영국 런던

그림의 언덕

고흐와 테오가 머물던 집.
골목 파란 문 지나 대성당 언덕에서
파리를 내려다본다.

테르트르 광장의 오후는 인파로 붐빈다.
그림의 벽을 짓는 화가들.
이젤에서 돌아앉은 이가 무언가 바라본다.
보는 것의 아름다움,
보이는 대로의 인상,
빛으로 색으로 다른 세상.
그림에 담는 세계와
그림에서 읽어내는 세계가 물결친다.

'나'를 들여다보길 기대하며
한 여행자가 스툴에 자리 잡는다.
화가의 몸짓 뒤로
세상의 여행자들이 지난다.

프랑스 파리 몽마르트르

모퉁이 돌아가는 길

세비야의 골목을 걸었다.
모퉁이 돌아 들어서면
손 닿고픈 창가를
가만히 보여주는 길.
귀 기울여 안으로 걷다 보니
하얀 집 나란한 하얀 파라솔.
골목길은 어느새 마을 광장으로 열린다.
한낮의 볕과 함께
시에스타의 긴 오후를 맞는다.

스페인 세비야

나무와 돌담

마음을 씻고 여는
개심사 어귀 바윗돌 지나
연못 건너 산 안으로
심검당 뜰에 선다.
고요 가운데 지혜를 찾는 집.
들보 휘어 받치고
기둥 굽어 흘러
한 그루 나무 돌에 내린다.
지나는 이 쉬어 앉아
마음속에 한 줄 기와를 쌓는다.
나무 비추던 조용한 담길이
큰 돌 열어 맞닿고,
작은 돌 어울려 오르니
나지막한 담이 하늘을 연다.

충남 서산 개심사

예술가의 언덕

1887년 고흐의 그림 속 골목을 걷는다.

파란 대문에서 고흐를,
박물관 정원에서 르누아르를,
길모퉁이에서 라 메종 로즈를 마주친다.
백 년 전 흑백 사진으로
변한 듯 변하지 않은 모습의 시간과 만난다.
담쟁이로 뒤덮인 라팽 아질과
아치문이 맞이하는 물랭 드 라 갈레트가
적막한 예술가의 시간을 쌓는다.

에밀 졸라도 피카소도
펜으로 붓으로 이 언덕을 담았다.

바토 라부아르(세탁선)에 그림 널리고,
지나는 사람들이 창 안으로
화가의 시선을 좇는다.

프랑스 파리 몽마르트르

19세기 파리의 인상

생 라자르 역에서
오페라 가르니에로 걷는 길.
유리 천장을 향해 기차가 증기를 뿜고,
책을 편 여인 뒤로 기차가 달린다.

철교에서 비 오는 거리에서,
사람들이 산책하듯 흩어진다.

콩코르드 광장에서 에펠탑으로 향한다.
푸르른 마르스 광장에서
평화의 문이 언어를 그리자

문 너머 빛 쏟아지며
조르주 쇠라의 철탑이 솟는다.

길 담는 길 스치며
빛을 맞이한다.

프랑스 파리

동강 옛길 그 너머

강가에 선다.
멀리 휘돌아 오는 동강은
짙푸른 빛 고요하고
돌 부딪어 하얀 물살을 일군다.
산굽이 향하면
그 너머 어라연 깊은 골,
닫힌 길 돌아서 물길을 따른다.

태백 줄기 내린 첩첩산간,
영월의 강은 뗏길이었다.
정선 아우라지 흘러
동강으로 솟은 바위 거친 물살.
황새여울 된꼬까리 지나
남한강 물길로 뗏목이 나아간다.

산 깊이 밤이 내린다.
모닥불 맑게 사그라지고
뜰 밝힌 불빛 어둠에 잠기며
온 하늘에 별이 빛난다.

강원 영월 동강

떠남과 머무름

알프스 마을을 지난다. 리기 칼트바트로 리기 쿨름으로.
짐 진 젊은이와 긴 수염 노인의 모습으로
이정표가 두 길을 건넨다.

구름 안개에 숲 잠기고, 빈 벤치가 문득 다가선다.
내려가며 더하여 걷는 발길 빨라지고,
거친 길에 호수가 열린다.

길 위의 머무름은
빛나는 떠남의 순간과도 같은 것.
푸른빛에 발걸음 멈추다
마을로 내려간다.

스위스 베기스

먼 이름 속으로

프랑크푸르트 뢰머 광장.
시청사와 함께
중세 상인의 집들이
뾰족한 지붕 모양으로 늘어선다.

강 언덕의 성 로텐부르크가
성벽을 펼친다.
탑으로 들고 나며
붉은 지붕 가득한 마을을 걷는다.
마르크트 광장에 시계 울리고,
창밖으로 두 인형이 나와
큰 잔 가득한 포도주 견디어 받는 자,
마을 구한 누쉬 시장을 이야기한다.
먼 나라 먼 이름 속으로
순간의 유쾌가 젖어든다.

독일 로텐부르크

바다의 시간

만리포 이르니 잿빛에 노을,
해무 가린 빛이 해변 깊숙이 어린다.

먼 바다 바라보다
뭍닭섬 둘레길에 오른다.
바다 지나려니 다리 닫히고,
섬 안으로 둘러가란다.
낯선 흙길 디디다,
어둠 짙어져 돌아 나온다.
닿으려 하나
밤의 바다는 허공이다.

어제의 모래밭에 물이 든다.
바다와 하늘 하나 되어
수없는 물결선으로 밀려오며
다가와 스러진다.
흩어진 섬 자락 떠오르고,
바다 물러나는 빈 터에
갈매기가 아침의 소리를 더한다.

충남 태안 만리포

잊힌 길 속으로

잊힌 길 속으로 사진 넘기며
블타바 강 건너 돌길로 향한다.

골목에서 튀어나온 마리오네트가
세상의 마음 감지하며
마디마디 춤을 춘다.
목각인형이 표정 짓고
그림책 나란한 창 덧문에서
열린 문 앞에서
저마다 소박한 이들과 함께한
오랜 몸짓을 품는다.

열린 마당 가로질러
시간을 감고 풀며 길을 걷는다.

신들의 위로

바티칸 언덕에서 미켈란젤로를 스친다.
부딪쳐 오는 세계 응시하며
뒤틀려 그려낸 수많은 형상들.
성 시스티나 천장을 향하는 사람들이
천지창조 이야기를 올려다본다.

테베레 강 따르다 돌아서니
멀리 대성당 지붕이
둥글게 모아 품어 솟는다.

다리 건너 나보나 광장에서
나일과 갠지스, 라플라타와 다뉴브 강의
네 신들이 몸짓하고,
오가는 이들 속에서
가만히 쉼의 시간을 짓는다.

바티칸

바람 머무는 길

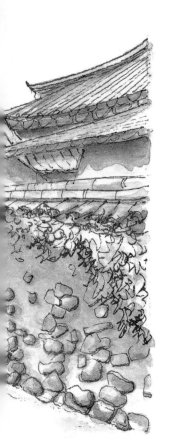

지리산 자락 마을
옛 담장이 굽이 흐른다.
한낮의 볕에 낯익은 돌들 어울리고
회화나무가 수백 년의 세월을 더한다.

돌담 끝 대문 안으로 마당을 딛는다.
사랑채와 중문 건너 귀퉁이에
항아리 나란하고
곳간채 담장 뒤로 사당이 시간을 쌓는다.
안채 향하니 방과 대청에 툇마루가 열린다.
곧은 선 나란히 만나며
단아한 네모로 나뉘고 모이며
처마가 날아 선다.

대문으로 대청마루로
네모 빈터에 풀포기 들어서고
바람 머물며 마을길 흘러든다.

경남 산청 남사예담촌

언덕 옛터

캄피돌리오 언덕을 오른다.

폭넓은 계단을 딛고 서며
광장이 조금씩 모습을 드러낸다.
미켈란젤로가 이룬 광장.
그 뒤로 서면 로마 옛터가 내려다보인다.
부서진 돌 헤아리다
시선 올리니 오늘의 로마가 드넓다.

어둑한 저녁 빛에
먼 시간이 닿을 듯 흘러든다.

이탈리아 로마

신화의 언덕

로물루스와 레무스가 일곱 언덕에 로마를 이루고,
그리스 올림포스 신들이 들고,
아름다움을 빚는 방식이 흘러든 곳.

길이 열린다.
승전한 자 개선문 지나며,
원로원 들어선 카이사르가 운명을 맞고,
안토니우스의 연설이 메아리친다.
시장과 광장으로 시민들의 발걸음 울리고,
화로의 여신 베스타를 섬기며
농경의 신 사투르누스를 기린다.

신들의 이야기 흘러
흩어진 돌들의 이름을 불러온다.
유피테르와 미네르바 언덕에서 내려와
옛터 품은 거리를 걷는다.

이탈리아 로마 포로 로마노

물결

하늘이 유난히 파랗다고 느껴지는 날.

나무로 내리는 맑은 빛에

람블라 거리가 반짝인다.

대성당 뜰 샘가 지나

레알 광장의 야자나무를 스친다.

보케리아 시장에서 카페 테라스로 풍선 오르고

사람들 흩어진다.

무언으로 두터운 몸짓.

파라솔 아래 미완의 그림에 서다

콜럼버스 탑으로 흘러 항구에 이른다.

스페인 속 또 하나의 스페인.

카탈루냐 깃발과 언어로

바르셀로나는 꿈꾸며 흘러간다.

물결이 인다.

스페인 바르셀로나 람블라 거리

읍성의 초가

낙안읍성 동문에 이른다.
산 둘러 열린 들에 아궁이 피우고 밭 가꾸며
읍성 사람들이 오늘을 일군다.

돌담에 흙벽 이어 흐르는
길에 앉은 초가집.
헛간채 들인 마당에 햇살 내리고,
이웃 모여 닿은 지붕의 물결이
들을 이룬다.

동헌에 선다.
'백성을 함부로 하지 않는 집'이라.
사무당(使無堂)이라는 글귀가 눈에 들어온다.
넉넉한 땅에 백성들 편안하여
낙안이라 일컫는가.

전남 순천 낙안읍성

스치듯 만난

먼 나라에서
가벼운 미소와 함께 마주친 사람들.
스치듯 지난 길이
문득 다가온다.

물어물어 가는 길 위에서
짙은 어둠 한 줌 빛 들길에서
맑은 바람 불어오는 벤치에서
낮은 지붕 마을 아득한 창가에서
심포니 울리는 푸른 풀밭에서 스친
만남의 풍경이
오늘의 이야기를 더한다.

시를 담은 마을

윌리엄 워즈워스의 시를 담은 마을
초원의 그라스미어.

산 너머 호수는
푸른 들길 스며 흘러
고요한 빛 실어오고,
물가 수선화 향하는
소박한 이들의 발걸음 들려준다.

시인과 누이의 오랜 추억에 물든
진저브레드 한 조각 들고
오지 않는 버스를 기다린다.

광장의 아프리칸 리듬

낡은 문이 열려 있다.
빼곡히 서고 나란히 앉은 사람들이
스쳐 닿을 듯 재즈 연주자들을 맞는다.
나지막이 노래하는 사이로
드럼 비트가 낮게 울린다.

일요일 오후,
거리의 기름통이 북이 되고,
노예들은 콩고 광장에 모여
가슴이 몰아치는 비트로 춤추었다.
고향의 리듬이
목화밭에 지친 고된 몸으로 흘러
골목에서 거리에서 퍼져나갔다.

아프리칸 디아스포라 음악이 살아 흐르고,
거리의 음악가들이
루이 암스트롱 파크를 향한다.

미국 뉴올리언스 재즈홀

폐허의 바람

로마의 바람이 분다.
팔라티노 언덕에 길 열리고
굽이 흐른 시간의 자락이
긴 이야기 실어 온다.

세찬 비 퍼붓고
햇빛 흩어진다.
오가는 이들이 남긴 긴 그림자가
오래된 폐허의 흔적을 더한다.
옛터 담은 오늘의 빛이 거리를 적신다.

이탈리아 로마 포로 로마노

저무는 들

남원의 먼 이야기 닿는다.
광한루 돌아 오작교.
못물 모여 은하수 이루고
나는 새들 그리움을 잇는다.

바위 위로 새겨진 한 줄에
광한루원 광장이
저잣거리 농민들의 죽음을 불러온다.

장흥의 유리탑이 하늘로 오른다.
이름 없는 이들의 얼굴
둥글게 이어 올라
새 하늘 바라고 향한다.
최후의 항전을 기억하는 석대들.
수없는 발자국 저무는 들을
풀바람과 함께 건넌다.

전북 남원 광한루원

바람 불던 날

오후의 햇볕 쬐다
에펠탑에 이르니
바람이 불고 비가 내린다.

카페에 앉아
따뜻한 커피 감싸며
거리를 바라본다.
나뭇잎 날리는 길에서
사람들이 버스를 기다린다.

파리의 기억 속엔
센 강과 샹젤리제보다
그 카페가
그 거리가 있다.

두 언덕

그라나다 거리에서 플라멩코 댄서와 마주쳤다.
검은 옷자락에서 손끝으로
침묵의 언어가 흐른다.
몸의 소리가 울리자
흩어져 앉은 이들의 시선이 모인다.

알바이신 골목을 오른다.
화분 꽃 달린 하얀 벽,
창가 빨래에 가로등 빛이 서린다.
언덕에서 강 저편 언덕을 향한다.
스치는 이는 알람브라의 불빛을,
일상을 사는 이는 스러진 왕조의 기억을 지닌다.
내려가니 아랍 거리 시장에
색색 천과 무늬 가득하다.

알람브라 성 떠나며 눈물 지은 아라비아.
그곳을 향한 얇은 시선에 한 켜를 더한다.

마차리 이야기

짙은 어둠 끝 작업장 갱도.
석탄 캐어 광차와 삭도로 나르며
막다른 길 택했던 사람들.
마차리가 탄광촌 옛 모습을 불러온다.
시린 삶을 딛는다.
지친 몸 마을 어귀 이르면
막걸리로 탄 씻어 내리고
짧은 머리 털어냈다.
주전자 들고 양조장으로 가는 심부름은
아이의 일상.
방 한 칸 부엌 한 칸 늘어선 거리에 보이는
샘터 펌프와 빨래터, 배급소와 마차상회.
탄에 못 미쳐 버려진 돌무더기가
견뎌온 시간의 그림자와 엉켜
검은빛으로 흩어진다.

PART 2

낯선 보통의 세계

시간의 다리

호수 저편 알프스 마을
철로 언덕의 들꽃 스치다
시가지로 돌아왔다.

성벽에서 빙하공원으로 향하며
수만 년 흔적에 가닿는다.
나뭇잎 품어 물길 새긴 시간의 돌,
빙하수 소용돌이에 둥글게 파인 암반,
깊이 솟는 물이 아득히 푸르다.

아침을 맞이한 로이스 강이 빛난다.
지붕에 루체른 이야기 열리고
그림 따라 시간을 건넌다.

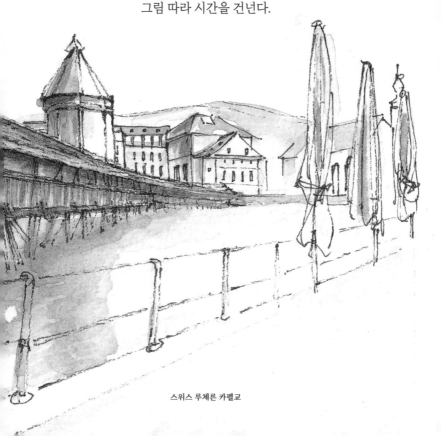

스위스 루체른 카펠교

하늘색 물빛

레만 호수를 걷는다.
맑은 햇빛 내리자
오가는 이들 멈추어 바라본다.
아이스크림 가게 지나
물가에 앉으니 하얀 배가 지난다.

떠 있는 듯 멀리
고성이 그림을 그리고
시옹의 창이 하늘색 물빛을 담는다.
돌아서 걷는 길
알프스가 파란빛으로 피어난다.

스위스 몽트뢰

소금밭

바람이 불고 차다.
소금밭 너머 마을이 앉았다.
곰소에 바다가 들고
칸칸이 갯벌 내리며
햇빛과 바람을 따르는 손길로 짚어져
뜨거운 볕 아래 피어난다.
고요한 소금꽃,
소금이 온다 하였다.

변산 바다에 노을이 짙다.
저무는 빛을 향하는 사람들에게
어둠이 내리고 바다가 밀려든다.
모든 소란함과 찌꺼기를 받아 안고
가늠할 수 없는 적막으로.

전북 부안 곰소 염전

나무 안에서

수목원의 맑은 아침,
노을길 쉼터에 기대어 앉으니
파란 바다가 고요를 더한다.
낭새섬 열리고
뭍에서 섬으로 딛는 이들이
바다의 길을 헤아린다.
소나무 언덕 올라
가지 사이 먼 바다 향하다,
오솔길 내리는 잎 닿으며,
모아 솟는 이국의 나무에 서며,
빛의 연못을 둘러 걷는다.
목련 그늘 속 빨간 의자에서,
줄기 드리운 나무 안에서
다가오는 초록을 맞는다.

충남 태안 천리포수목원

흐르는 성의 시간

붉은 지붕 물결 멈추고
푸른 길 달린 곳에
산언덕이 굽이친다.

나란한 노란 집 앞 이정표,
슈반가우 백조가
노이슈반슈타인과 호엔슈반가우 성을 가리킨다.
올려보는 시선에 돌벽과 기둥이 솟는다.
길 올라 마리엔 다리에 서니
숲으로 성이 내려앉는다.
알프스로 평원으로
백조의 성이 구름 날개를 편다.

성의 시간도 흘러간다.
잠자는 숲속 공주의 성으로
무게를 덜며 가벼이 꿈꾼다.

독일 퓌센 근교 노이슈반슈타인 성

고요하고 깊은 골

문득 고요가 마을을 그린다.
알프스 봉우리를 두른
깊은 골 라우터브루넨은 푸르다.

동굴 굽이돌아 내려가며
빙하 폭포를 따른다.
물줄기 내리며 물보라 흩어진다.
거세지는 물길에 밀려드는 빙하의 시간.
쌓이는 눈 녹고 얼며
낮은 곳으로 흐른다.
내리는 물기둥
검푸른 못에 이르러
동굴 가득 포효하자
난간에서 물러선다.

풀밭에 서니 실비가 온다.
시간이 멈춘 듯 푸른빛이 가만히 내린다.
마을이 만년의 울림을 품는다.

스위스 라우터브루넨

우물 마을

조소마을 담장에 노란 꽃 엿보이고
둥근 호박이 누른빛을 내비친다.
전봉준 옛집 사립문 나서니
닫힌 우물이 그의 발길을 전한다.

한 자만 파도 샘 솟는 마을.
동진강 흘러드는 배들평야에 물길 막으니

동학의 불길 올랐다.
흰옷 입은 농민들 일어나 백산을 이루었다.
백산성 오르는 길에 빈 가게들이 적막하다.

섬진강 줄기 내리는
옥정호 구절초 언덕에 이르니
소나무와 더불어 풀꽃 피어난다.

전북 정읍 조소마을

아이거 마을

푸른 기슭의 아침에
구름 안개 피어오르며
아이거 북벽이 하늘을 연다.
하늘 닿을 듯한 언덕 집들은
산 안으로 삶을 일군다.

공존의 풍경 속 피르스트(First)에 올라
눈 흔적 남은 산길을 내려간다.

산이 앞선다.
깎아지른 벽으로 다가서며
둥글게 둘러서며
길을 열어준다.

산 아래 에워 돌다 마을 이르니
이른 저녁 아이거의 밤이 내린다.

스위스 그린델발트

울림

절벽 위의 몬세라트.
구름 안개가 수도원을 휘감는다.

발 디디나 보이지 않는 산책로에
적막이 깊다.
돌아 나와 열린 문으로 들어서니
평화의 말 울리고
소년 성가대 에스콜라냐의 합창이 퍼져온다.

침묵의 줄이 나아간다.
검은 성모상 닿으려
머물고 떠나간다.

스페인 몬세라트

두 도시

웨스트민스터 거리에 비가 내린다.
빨간 이층 버스가 서고
정원 길 둘러 사원에서 낯익은 이름을 지난다.
뉴턴과 다윈에서 초서와 디킨스로.

세인트폴 대성당 돔 오르며
거센 바람에 부딪다
문 안으로 울려 퍼지는 파이프오르간 소리에 잠긴다.
템스 강의 타워브리지가 빛을 내리고
어두운 역사를 뒤로하듯
런던탑 너머 더 샤드가 빛의 탑을 세운다.

늦가을 길 서점에서 만난 《두 도시 이야기》.
표지의 초록과 빨강 선 나란히
두 도시를 잇는 듯 오가는 듯
파리의 기억을 불러온다.

영국 런던

섬과 섬

뭍에서 섬으로
섬에서 섬으로
사람들이 다리를 지난다.
모두가 섬이 되어
다른 말을 하고
다른 의미를 짓는다.
섬과 섬을 가르고 이으며
길을 지난다.
갯벌은 바다로 밀려들고
지평선은 수평선으로 이어지고
흐르는 시공이 섬을 품는다.

전남 신안

밤의 고요

대성당에 어둠 내리며
하나둘 불빛을 감는다.
밤의 고요에 이른 삶의 파편들이
진실에 힘겹게 모여 닿으려 한다.
붉은 지붕 뒤로
어둠이 짙다.

이탈리아 피렌체

시야 그 너머

푸른 나무 실가지에
작은 새 가벼이 앉았다.
가지에서 가지로 내려
벗을 기다리는 듯.

순간 날아오른다.
벽돌집 지붕 위로,
마을 언덕 너머로.

너른 세상 닿으려
하늘 깊은 날갯짓으로
멀리멀리 물러나는 지평 좇아
시야 그 너머로.

영국 바이버리

길은 길을 부르며

로마 수도교가 세고비아 광장을 가른다.
돌과 돌 층층이 맞물려
위로 받치고 아래로 누르며 버텨온 이천여 년.

물길 닿으며 성벽을 오른다.
대성당 지나 알카사르.
협곡을 아래로 둔 다리가 열리고 닫히며
시간의 강이 흘러간다.
로마의 요새로부터 이슬람 궁으로,
카스티야 성으로.

멀리 들판이 펼쳐지고
성벽 기대어 길을 좇는다.
길은 길을 부르며
길 속으로 하나 되어 사라진다.

스페인 세고비아

정선아라리

봉우리 내리며 골이 깊다.
태백과 오대산 샘
두 물줄기 어우러진 아우라지.
여량리에서 유천리에서 마주하며 임을 그린다.
"아우라지 뱃사공아 배 좀 건너주게.
싸리골 올 동백이 다 떨어진다."
산비탈 흙을 울리고
정선아라리 실어 남한강으로
뱃사공 노래 흘러간다.

강원 정선

다른 모습으로

운하의 골목을 스쳤다.
차창에 적막이 내려앉는다.
비 오는 거리에 선 듯
세상이 조금은 다른 모습이 되어
안으로 젖어든다.
우산 아래 세상 맞으며
사람들이 지나간다.

순간의 풍경

독립기념일이라던가.
이웃한 풀밭에서, 붐비는 거리와 강가에서,
음악의 선율에 이어 하늘 불꽃을 맞이한다.

일상의 축제는 펜웨이 파크로 이어진다.
핫도그와 응원의 탄성 사이로
보스턴 레드삭스가 물결친다.
거리에서 미소 스치며 인사 나누고
피자를 기다리며 줄 선 이들의 오가는 대화가
이국의 풍경으로 잠긴다.

찰스 강을 따라 걷는다.
저무는 노을에 오리들이 줄지어 멀어진다.
머물며 바라보는 하루에
케임브리지 불빛이 다가온다.

미국 보스턴

마을길

흰 담장에 나무 한 그루,
빛바랜 고리 닫힌 듯 열린 문 너머
돌계단에 하얀 집이 서 있다.

하얀 집 나란한 골목.
담 너머 또 하나의 길.
두 사람 지나고 오리가 앞선다.
세 갈래 길에서 별꽃에 쪼그려 앉으니
돌 벤치 창가에 장미가 오른다.
파란 문에 푸른 잎 내리고,
나란한 11호도 15호도
붉고 노란 이야기 열어 보인다.

오랜 돌길 오르니
하늘 닿는 듯 바다가 열린다.

스페인 바르셀로나 토사 데 마르

환승역

기차가 멈춘다.
지나온 그리고 지나야 할 길.
낯선 역의 이정표 좇아
밖으로 향한다.

떠날 마을의 흙 딛고
가만히 호수를 마주한다.
나뭇잎 사이로 빛이 푸르다.

기차가 달리면
환승 마을에서의 시간이 짙어진다.
터널의 어둠이 안을 비추고
빛이 풍경을 스친다.

스위스 스피츠

언어의 풍경

길을 물으니 하나둘 발길 멈추고
지나던 노인이 말을 시작한다.
젊은이가 또 하나의 언어로 전한다.

노트르담 성당에 들어선다.
말의 의미 넘어선 울림이
문가에 선 이방인을 휘감아 안는다.

늦은 오후 카페에서
창가에 닿는 가벼운 소리.
디저트 건네며 돌아서는 말에
웃음이 번진다.
빛이 순간을 그리듯,
모네가 생 라자르 역을 담아내듯,
언어가 풍경을 빚는다.

기차역 유리 천장 아래
붐비는 계단을 걸어 올라간다.

프랑스 파리

산성의 바람

공주 공산성에서 부여로
백제의 도읍을 딛는다.
부소산성 다진 흙벽 딛고
숲 바람에 밀리고 부딪히며
낙화암에 오른다.

바람 안고 갈래갈래 흩어지다
하나의 바람 맞는 듯
풀들이 쓰러진다.
바람은 어디로 가는지.
웅진과 사비의 시간 이으며
백마강에 낮은 물결이 인다.

충남 공주 공산성

닫힌 강

조강은 풍요로웠다.
고기잡이 배 드나들며
곡물과 소금 실은 배 오가며
주막과 집이 들어서고,
사람들은 물때 기다리며
〈물참의 노래〉를 불렀다.

밀려오는 바닷물에 한강으로,
나가는 물에 바다로 나아가며,
조강을 헤아렸다.

월곶면 애기봉전망대에 선다.
조강에 하얀 선이 일고,
개풍마을이 송악산을 드리운다.
닫힌 물길과 잃어버린 시간 속에서
갈대와 모새달이 이삭 피우고,
재두루미와 저어새가 하늘을 난다.
푸른 잎이 철조망에 봉오리를 올린다.

경기 파주 임진강

빛과 어둠의 시간

바르셀로나 대성당 안뜰에
오렌지 나무와 목련 푸르고
회랑 연못에 흰 거위 올라선다.

열세 마리 거위가 전한다.
달군 쇠 받고
날 선 통으로 굴려 내려
생을 마친 소녀의 이야기를.

오래전 에스파냐의 시간.
로마의 박해와
휘몰아친 종교 재판의 그림자 뒤로
빛과 어둠의 시간이 흘러온다.
거위들 평화롭게 무리 짓고
오가는 이들은 샘가를 헤아린다.

언덕의 야경

꽃의 성모 마리아 성당에 아득한 빛 내리고
색유리창이 이야기를 피운다.
조토의 종탑 오르고
기베르티 천국의 문에 서성이며
피렌체의 시간 속으로 걷는다.

미켈란젤로의 그림을 마주한다.
부서진 그리스 토르소가
모습 그대로 아름답다 했던가.
시선이 채석장으로 향한다.
돌덩이 품은 형상 헤아려
덮인 돌 열어 빚었다.

다비드 상이 선 언덕에 밤이 내린다.
대성당 지붕 감아 드러내며
어둠이 퍼져온다.

이탈리아 피렌체

빛과 호수

할슈타트에 4월의 눈이 내렸다.
마르크트 광장 사잇길로 난
푸른 울타리
붉은 창과 붉은 벽
푸른 문을 지난다.
돌담 스치며 담 위에 서서
눈 덮인 지붕 닿을 듯 오르고 내린다.
호수길 닫힌 철로는
알프스에 새긴 바다의 깊은 길
오랜 소금산으로 이른다.

마을 빛이 퍼져든다.
한 줄기 한 줄기 모이고 흩어지며
호수로 이른다.

오스트리아 할슈타트

달을 찾는 섬

시야 너머 밀려오는 물결
뭍으로 길게 오른다.
물 차오르면 간월도리 끝자락은 바다로 든다.
연꽃으로 떠올라 일주문 서고,
바라보며 헤아리는 길.
무학대사 먼 길 떠나며
마당에 지팡이 꽂아 남기니
죽은 나무 피어난 잎에 달빛이 내린다.

달을 보는 바위섬.
지나는 이들 섬으로 닿는다.
안으로 든 바다에 고요가 내린다.

충남 서산 간월암

땅끝 마을

남도로 가는 길,
둥근 산이 들을 펼친다.
갈아 일군 붉은 흙에 세 농부 나란하다.

마른 풀과 소나무, 그 너머 바다가 고요하다.
모래밭에 순한 물길 들고,
물소리 울리나 이내 스러진다.
앞 섬에 길 열리고,
먼 섬이 자락을 누인다.

갈두리 사자봉이 바다로 들고
땅끝탑이 선다.
북위 34도 17분 32초.
그 모든 삶 안고
그 모든 바람 헤아리며
돛이 나아간다.

전남 해남 해안길

차의 노래

일지암에서 초의선사는 차를 꽃피웠다.
다산과 추사와 벗하며
맑고 고운 땅 우리 차를 기렸다.
깊은 샘 들여
찻잎 푸르게 피어나니
한 잔의 맑은 세상이어라.

두륜산 대흥사에 이르러 솟을문 안으로,
겹겹의 문으로,
천불 흘러 봉우리로 오른다.
선과 차는 하나라
하나의 맛이라 하였다.
일지암 안으로 숲이 열린다.

전남 해남 대흥사

다랑쉬의 기억

어느 해 가을 중산간 다랑쉬오름에서
저무는 들판과 바다를 향했다.
또 하나의 아끈다랑쉬 너머
오름의 물결이 인다.

달처럼 둥글어 다랑쉬라.
굼부리에서 보름달 떠오르던 마을.
돌담 무너져 내리고
40여 년 흘러
제주 4·3을 기억하는 이들이
잃어버린 마을에 닿는다.

다랑쉬굴에서 부서진 삶들.
놋그릇과 고무신 널브러지고,
하도리와 종달리 아이와 어른이
바다에 흩뿌려졌다.
뒤틀려 헤집은 상처 안고
소리 삼키며 살아낸 터전.
기억의 들판이 한 잎 한 잎 봄을 피운다.

제주 아끈다랑쉬오름

성으로 가는 길

화약탑 지나 구시가지 광장 천문시계탑.
육백여 년에 오늘을 더하는 울림으로
사람들 모여들고 흩어진다.

성문 앞에서
대성당의 어둠 속에서
카를교 가는 좁은 길에서
프란츠 카프카의 이야기 흘러들어 나를 스친다.
열린 문 들어서지 못하는 기다림을,
신부와 요제프 K를,
결코 이르지 못하는 성을.

성벽 황금소로 22호 창가에 책이 열려 있다.
길의 부재로 길을 말하며
수많은 의미의 짐 지우며.

강 저편 언덕 밤의 빛을 던지고 거두며
프라하 성이 드러난다.

체코 프라하

언어의 그림

오렌지 품은 붉은빛
에스파냐와의 첫 만남은
상그리아와 짙노란 빠에야.

유리 너머 산 미겔 시장 들어서니
다듬어 담긴 조각 과일과
나란한 타파스(tapas)가 언어를 빚고,
에스파냐어가 그림을 그린다.
조금은 낯익은 모습 비치며
스치는 이의 기쁨 자아낸다.

퍼붓는 비 넘치는 빗물에 멈춰 서다가
하늘빛에 안도하며 밤을 지난다.
떠나는 거리에 동이 튼다.

남문으로

남한산성 수어장대에 서다
흙길을 간다.
성벽이 먼 산을 감아 돈다.
본성과 암문으로,
더하여 옹성과 외성으로
닫힌 듯 열리며 굽이친다.
남문에 이르니
들고 나며 옛길이 흐른다.
봉화 가는 길로, 한양 가는 길로,
등짐 봇짐 지고 장터 찾아
길과 길이 흐른다.

산성은 이회 장군을 기린다.
성 쌓다 처형되며
한 마리 새 날아오리라 했다.
억울한 죽음 매가 지키니
민초에 흘러 내려온다.

경기 광주 남한산성

늘 푸른 길

평원에 밤이 내리고
사이프러스 검푸르게 솟는다.
그리스 신화 속 키파리소스가 던진 창에
덤불 속 사슴 쓰러지니,
영원히 슬퍼하는 자
늘 푸른 나무로 무덤가에 선다.

애도의 나무는 삶 가운데로 나란히 올라 홀로 서며
언덕 집으로 이르고
문 밖 세계로 길을 이룬다.
떠나는 문에
두 그루 사이프러스가
아침 햇빛을 내린다.

평원 순례자 쉬어가는 길.
어린 사이프러스는
모아 솟는 날 그리며
사방으로 잎을 피운다.

이탈리아 발도르차 평원

흐르는 물의 도시

섬과 섬 잇는 다리에서 다리로
운하 골목을 흘러간다.
나무 기둥과 곤돌라에 붉고 푸른빛 일렁인다.
산마르코 광장의 다섯 돔과 금빛 모자이크,
플로리안 카페와 회랑 오가는
사람들 파도에
도시의 빛 물결친다.

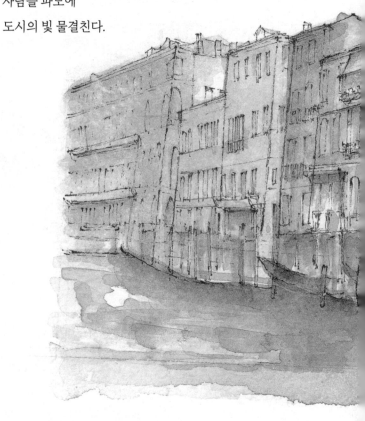

가면과 함께 일탈 꿈꾸며
잠기고 드러나며
반기고 떠나보내는 말 던지며
물의 도시가 흘러간다.

이탈리아 베네치아

남도의 고택

지리산 마을 섬진강 따르다
구례의 고택을 만났다.
쑥 다듬어 놓인 평상 둘러 대문 들어서니
마당으로 사랑채가 열린다.
풀과 꽃 마루로 들고
지붕 휘어 이어진다.
안채가 다락방으로 오르고,
곳간과 부엌으로 내린다.
부뚜막에 가마솥 앉으니
밥 짓는 연기 낮게 흩어진다.
중문간 뒤주에
'타인능해(他人能解)'라 쓰여 있다.
비움과 채움의 세월이
배고픈 이 누구나 열 수 있다는
뒤주를 휘감는다.
돌과 나무가 짓는 빈터에
하늘이 흘러든다.

전남 구례 운조루

유배의 땅

다산 밥상을 청한다.
조밥과 나물에 뚝배기 아욱국이
순하게 깊다.
한 선비의 삶이
오늘의 찬을 빚는다.

강진 유배길.
다산은 주모가 내준 방을
'사의재(四宜齋)'라 했다.
안으로 맑게 겉은 단정하게.

보은산방에서 초당으로
샘으로 바위로 차를 달이며
다산은 부딪는 모순 부수려
글을 짓고 지었다.
유배의 땅 딛고서 고향이라 했다.

전남 강진 사의재

보리의 기다림

학이 내려앉는 들, 보리 푸른 들을 걷는다.
지난가을 잎 돋우고
어린 보리가 한겨울을 지났다.

부푼 흙 다지는 손길에 잠 깨어 자라
4월이 오면 푸르게 피어나리.
지나는 이들 물결을 더하리.

겨울나무 내리는 언덕 창가에 앉았다.
찻잔에 보리잎이 파릇하다.
지난해 거둔 보리를 조금 담아 간다.

전북 고창 보리밭

품은 맛을 짓는다

그해의 곡식 가늠하여 농부는 메밀씨앗 흩뿌렸다.

산의 밀이라

메마른 땅에 어린잎 돋고,

낟알 거두면 첫서리 내렸다.

산 넘어 정선 오일장에서
아낙이 전을 빚는다.
가마솥뚜껑에 배춧잎으로 여리게 퍼지는 메밀.
숙련된 손으로 맑게 어울려 나뉘어 담기니
드는 이도 가만히 올려 한 그릇을 짓는다.

가을 길목 하얀 메밀 지며
영월 강가에 붉은 메밀 피어난다.

강원 평창 봉평 메밀밭

학마을

이정표가 골목을 이끈다.
문학길 따라
이청준 작가의 옛집으로.
고개 넘어 선학동 솔나무 언덕에 서면
소설 이름과 같은
'천년학' 주막이 있어
바다를 내려다본다.
들판 넘어 밭 층층이 오르고
공지산 자락이 내린다.
바다 한 줄기 차오르면
날개 편 학으로
산 그림자 날아올랐다 한다.

물길 닫힌 마을.
눈먼 여인의 '소리'가
기억의 학으로 오르고,
나그네는 이르고 또 떠난다.
스쳐 지난 들판에
메밀꽃 피었다는 소식이 들려온다.

전남 장흥 선학동

PART 3

소란한 마음에 이는 바람

떠남의 머무름

레몬 나무가 아침을 맞아
조용히 빛난다.
창가 맑은 빛 맞으며
해안의 가파른 길을 지난다.

바다를 오가노니 빛이 기운다.
골목 안 레몬향 번지는 가게 돌아
한적한 테라스에서 저녁을 맞는다.

길 위의 떠남과 머무름이
흐르는 길에 기억을 짓는다.

이탈리아 소렌토

평원의 바람길

바람이 인다.

데이지와 달맞이가 날아와 앉는다.

옥수수가 잎을 떨구고,

짚단이 구르고,

검은 소들은 풀을 뜯는다.

아름드리나무가 너울거린다.

쉼터에서 나무를 올려다보니

둥글게 하늘이 내린다.

스쳐 지난 평원은

달리는 길에서도 느리게 흘러

빛 어린 푸르름을 남긴다.

미국 댈러스에서 오스틴 가는 길

삶은 계속된다

멕시코만 깊숙이
허리케인이 바다를 밀어 올리고
뉴올리언스는 물에 잠겼다.
모든 것을 잃은 날들.
아이의 푸른 옷과 테디 베어.
한쪽으로 기울어진 피아노.
떠내려온 클라리넷.

물 찬 벽면에 써 내려간
한 시민의 일기.

기억하고 살아내며 삶은 계속된다.
늪이 연꽃을 피우고,
수풀 그늘에 자리 잡은 악어들이
한가롭다.
스페인 이끼 우거진 물길로
배가 조용히 나아간다.

미국 뉴올리언스 늪지대

바람

용눈이오름 오르던 날
바람이 휘몰아쳤다.
휘어져 가까스로 풀을 딛는다.

둥근 능선에 올라서면
성산일출봉 넘어 바다로,
또 하나의 섬 우도로 닿는다.
시선 돌리니
중산간 들판이 밀려든다.
거친 시간 받아 안고 일군 터전.
그 바람 한 자락 닿고 간다.

제주 용눈이오름

멈추고 머물다

부석사 지붕 너머
기우는 해를 기다리는 사람들 뒤로
노을이 처마에 번진다.

먼 산 흘러 잠기고
사라져가는 빛 속에
무량수전 뜰이 고요하다.

일상의 두터운 허울도 가라앉는 듯
멈추고 머물다 물러선다.

경북 영주 부석사

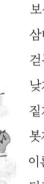

차밭과 갯벌

보성읍 봉산리 기슭
삼나무 숲길에서 차밭으로
걷는 이들 흩어진다.
낮게 모여 이루는 나무의 물결이
짙게 푸르다.
봇재 선반에 놓인 '처음 딴 차'.
이른 봄볕 맞은 어린잎
덖고 덖여 안으로 오그려
맑은 빛과 바람으로 피어난다.

마을이 《태백산맥》 이야기를 펼친다.
소화 다리 건너 들판으로,
남도여관에서 벌교역으로.
지난 시대는 일상의 거리로 흘러
깊은 상처를 드러낸다.
보성길은 푸르고 슬프다.

전남 보성 차밭

어떤 음의 세계

탱글우드 숲으로 걷는다.
보스턴 심포니 오케스트라의 여름 음악제
스트라빈스키 제전이 시작되었다.

오랜 시간의 빛이
하늘 높이 솟은 소나무와
짙푸른 대지로 물결친다.
음악관 무대는 숲으로 열려 있다.
풀밭에 눕고 앉아
저마다 음의 세계에 가닿는다.

한 줌 불빛에 의지해 들길 지나
노부부 집에서 밤을 묵고
조용한 아침의 벤치에서
돌아가는 버스를 기다린다.

미국 레녹스

올리브와 사이프러스

토스카나의 작은 마을 피엔차 성벽에서 평원을 향한다.
포도밭 옆 올리브 나무가 작고
긴 잎으로 둥글고 너르게 대지를 부른다.

사이프러스가 하늘로 솟는다. 언덕에 홀로 또
나란히 서며 고흐의 밀밭에, 별이 빛나는 밤에,
평원의 바람 안고 이야기를 전한다.
다시 바람이 분다.

이탈리아 토스카나

삶이 내려앉은 곳

다빈치와 미켈란젤로는
함께 그림을 그린 적이 있다.
베키오 궁에서의 만남은
우피치 미술관에서 맺어질 수 있을까.

우피치 회랑에서 베키오 다리로
숨은 길이 열린다.
메디치가 흥망의 길.
다리 양쪽으로 가게들이 나란하다.

오랜 흔적을 걷는다.
푸줏간과 대장간의 시간 흘러
보석상과 기념품 가게의 덧문 빗장이 걸리고,
오가는 이들의 하루도 짙어진다.

오랜 다리에는 삶이 흐른다.
쌓이는 모두의 걸음 싣고,
아르노 강이 흘러간다.

이탈리아 피렌체 베키오 다리

바다를 향하는 길

아말피 골목에는 종이가 가득하다.
거칠게 풀린 가장자리가
중세 장인의 시간을 품어낸다.
두터이 펼쳐진 종이가
오늘을 여는 삶과
지난 이야기를 빚는다.

마을 종 울리고
사람들이 광장으로 모여든다.
오렌지와 파랑 파라솔 빛나고
스치는 언어가 경쾌하다.
바다의 빛 속에서 하루가 기운다.

낮은 슬픔

볼프강 아마데우스 모차르트가
어린 시절을 보낸 마을에
안개비가 내린다.

음영이 호수에 고요를 드리운다.
물가에 선 아이 곁으로
백조가 지나며 물결이 번진다.
짙은 어둠에 빛이 어른거린다.
솟아나는 빛의 기쁨은
낮게 울리는 슬픔을 맞는다.
마음 모아주는 음의 세계는
당대의 놀라운 물결이자
익숙함 넘는 파도였으리.
시대의 굴레 벗고 자유를 꿈꾼
모차르트의 시간 속으로
오랜 악보의 흔적에 가닿는다.

오스트리아 장크트 길겐

깊은 강

고석정 누각에 서다
가파른 계단을 딛는다.
언 강 닿는 길 바람이 차다.
강 안으로 바위가 크고 높다.
용암 흘러 덮이고
한탄의 길 굽이쳐 새 물길 열어
바위가 다시 솟으니
고석이라 했다.
일억 년의 바위로,
수십만 년의 대지로,
깊은 강이 묵묵히 흐른다.

강원 철원 고석바위

두 물 하나 되어

푸른 산 깊이 강이 흐른다.
쪼그려 앉은 이들이
마른 물가에서 봄밭을 일군다.

양구에서 화천 파로호로 오른다.
아스라한 길 흘러
희미한 하늘빛 피우며
산 안으로 멈추어 흐른다.

깊은 골 돌아 소양강 들고
북한강 내려 흘러
태백 휘돌아 남한강 흘러
두 물 하나 되어 나아간다.

남양주 강가에서 먼 산 저물어 돌아서니
버들 너머 산수유, 매화와 목련.
마재마을에 벌써 봄이 왔다.

강원 춘천에서 남양주 가는 길

울돌목

전라우수영 옛터 바다가 운다.
거센 물결 일고 부딪어 소용돌이친다.
이순신 장군이 바다를 향하니
백성들은 울며 따른다.
소 내어 병사를 먹이고
배 더하여 물길 열고
산 밑에서 강강술래를 돈다.

차올라 내리는 물길에
노 젓고 포 쏘며
수군이 무겁게 나아간다.

울돌목 윗길로 휘어 걷다 돌아선다.
삶과 죽음의 길목에
바다가 솟구친다.

전남 해남 우수영

보헤미아의 풍경

프라하의 겨울.
책 속 눈 덮인 하얀 지붕에
먼 길이 열린다.
성 오르던 날 흔적 좇으니
내려가는 길에 펼쳐진 마을이 눈에 들어오고,
블타바 강가 말라스트라나
그 아득한 이름 불러온다.

체코 말라스트라나

가까이 그리고 멀리

대성당 어둠 속
아득한 돔의 빛에 머물다
거리로 나온다.

보도블록에서
어스름 내리는 언덕에서
가까이 그리고 멀리 다가오는
두오모를 담는다.

한적한 거리에 서 있다
조금씩 뒤로 물러나
붉은 지붕으로 향한다.
부분을 품는 전체는
한눈에 담지 못하는 삶의 조각 같아
자꾸 이어 담아보려
가슴 위로 선을 긋고 또 긋는다.

이탈리아 피렌체

산 아래 들

브리엔츠와 툰 호수 사이
산 아래 들이 푸르다.

열차가 톱니바퀴 물리며
가파른 산을 오른다.
유럽의 지붕 융프라우요흐
눈 덮인 빙하 고원에서
차디찬 걸음을 딛는다.
운무에 휘감겨 바위산이 솟는다.

인터라켄은 융프라우를 그린다.
풀밭 따라 걷다 눈 덮인 산을 향한다.
저무는 산의 절대적 침묵이
들을 넘어 내려앉는다.
길가 풀잎에 바람이 인다.

스위스 인터라켄

파란 고요

카프리 섬 좁은 길 오르며 올려보는 하늘에는 바다가,

내려다보는 바다에는 하늘이 있다.

바다가 가만히 흘러든다.

파란빛 고요가 지친 마음 품어 안으며 닫힌 삶을 열어 보낸다.

마을 종 울리고 꽃을 든 아이들이 달려간다.

갓 구운 빵 기다리며 사람들이 나지막이 인사를 나눈다.

이탈리아 카프리 섬

푸르른 정적

기슭에 내린 집들이
산 안으로 그림을 그린다.

먼 봉우리 다가와 굽이돌며 솟고
닿는 듯 이내 멀어진다.
맑은 바람에 풀빛 번져와 발길 비춘다.

푸르른 정적 속
소리 없는 깊은 소리.
산에 너른 들이 열린다.

한낮의 길

가다 멈추고 다시 돌아선다.
하나뿐이라 택한 길 벗어나니
우연의 소리
안으로 들어온다.

시작의 발길 이끄는
우연한 변주가
길을 빚는다.

한낮의 빛이
길고 짧게 그림자를 지운다.
짙은 그림자 안팎을 오가며 걷는다.

영국 앰블사이드

호수 옆 들길

호수 나란한 들길로
아름드리나무가 잎을 떨군다.

보이는 길 너머
보이지 않는 길의 여정.
걷고 걸으며 오늘의 길을 간다.
떠나고 머물며
멈추고 돌아서며.

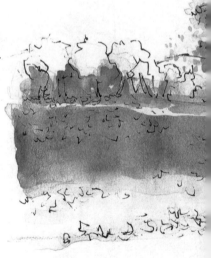

호수에 길게 누운 산 위로
구름 하늘이 바람을 그린다.
저무는 빛에 마을로 향한다.

영국 윈더미어

그림의 풍경

자연의 정원이 열리는 틈.
시내와 다리와 푸른 언덕 펼쳐진 곳에
낮은 담 두른 돌집들이 나란하다.
벌꿀빛과 푸른빛으로 바랜 돌들은
저마다의 시간을 담고 있다.

안으로 걷는 푸른 마을.
시내 돌다리 건너 모퉁이 창가에 선 나무가
골목 접어드는 작은 길로
조용히 이끈다.
그곳에 선 오래된 찻집에서
오후의 차를 나누며 미소 짓는다.

영국 버튼 온 더 워터

시간이 머무는 자리

바이버리의 콜론 강에 서서 귀 기울이면
강가에 선 나무가
흘러가는 시간을 들려준다.
시내 건너 알링턴 로우 오솔길 들어서니
수백 년 된 길목과 돌담에 나무가 내린다.

감아 오르는 가을 잎으로,
갈라진 돌 틈으로,
지붕의 세월이 열린다.
낮게 굽이치는 푸른 구릉에서
하얀 양들이 풀을 뜯고,
곱슬한 털 모아 다듬는 발길에
오르내리는 나란한 돌집이
자연의 시간을 쌓는다.

영국 바이버리

호수마을 다락방

호숫가 마을 작은 집
삼층 다락방 좁은 나무 계단에 오른다.
잠결의 희미한 한 줄 빛에 망설이다
창가로 간다.
밤하늘에 별이 가득하다.

새벽이 다가오며
별들이 연한 어둠으로 스며든다.
고개 빼들고 보일 듯 말 듯
멀어져가는 몇 개의 별을 붙잡는다.

아침이 되자 안개비가 내린다.
빨간 체크무늬 위에 놓인
하얀 찻주전자 비우며
정원 창가에 머물다
호수 따라 가을 길을 걸어본다.

영국 윈더미어

오후의 빛

오후의 빛이 아시시를 물들인다.

대성당에서 조토의 그림을 따른다.
낡은 회벽은 푸른빛 고요함 속에서
성 프란치스코 이야기 들려준다.
모든 것 던지고
함께하는 이들과 가난의 삶 살며,
평화 꿈꾸는 먼 길 떠나
이슬람 술탄을 만나며,
새들에게 말하니
기쁨으로 날개 파닥이며 옷깃을 스친다.

연한 어둠이 퍼져온다.
해와 바람은 형제로
달과 별을 누이로 노래한
성 프란치스코의
자연 향한 경이의 언어를 헤아린다.

이탈리아 아시시

미시시피 증기선

대륙을 내려 흘러온 '큰 강'은 흙빛이었다.
증기선에 오른다.
마크 트웨인의 미시시피로
패들바퀴가 밀치며 나아간다.

《허클베리 핀의 모험》 속 허크와 짐이
뗏목에 오두막 올리고 밤의 강을 떠내려온다.
별 보며 흐르는 길,
나지막한 이야기도 울음도 잠긴다.

파도가 인다.
한 점 불빛으로 마을로
숨고 뛰어들고 벗어나고 얽히며,
굴레 떨치고 떠나온 길은
멀리 남으로 흘렀다.

붐비는 거리 둘러
잭슨 광장에서 강가로 걷는다.
저문 시대의 기적이 울린다.

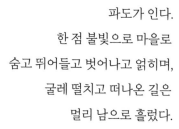

미국 뉴올리언스 잭슨 광장

길의 연대표

문 닫힌 나주역사.
한 걸음 천천히
삼국에서 고려와 조선으로,
일제강점에서 광복으로 딛는다.

통학열차 멈추고
개찰구 나오며 부딪친 한일 학생들.
나주역 댕기머리 사건의 항거는
독립의 외침으로 퍼져갔다.
역사 한 줌 얻고,
불려 기억될 이름들을 지난다.

수탈로 얼룩진 바다 밀려들던 영산포에
이제는 바다가 들지 않는다.
나루터 흰 등대가 근대의 상흔을 알린다.
가겟집들의 거리로 쓸쓸히 걷는다.

전남 나주 구(舊)나주역사

구름숲

진도 들녘 첨찰산 깊은 골
소치 허련의 먹이 번진다.
섬세한 매화에서 거친 소나무로,
구름 핀 산에서 초가집 마당으로,
실재의 그림자에서 추상으로,
그림에서 그림으로.
어제의 그림이 내일을 그린다.
산방의 묵빛이 내려 흐른다.

뜰 걷다 연못가에 앉았다.
이백 년 뿌리내리며
소치 나무에서 잎이 돋는다.

전남 진도 운림산방

서강에 섬이 있었네

어린 왕이 유배를 떠난다.
남한강 물길 거슬러 고개 넘어
강 건너 청령포로,
모래밭 자갈길 깊은 숲으로.
휘어 치솟은 소나무는
나무 갈래에 앉던 그늘의 날들을,
돌 쌓아 올리던 그리움과
깊은 강 흘러갈 먼 곳 향하던 눈길을
보고 들었다.

단종은 짧은 생을 마쳤다.
어수리 연푸른 빛으로
나물밥과 도톰한 떡에 품어
영월은 조용히 들려준다.

서강에 섬이 있었네.
모든 길 닫히고 슬픔만이 흘렀네.

청풍의 마지막 봄

청풍호에 잠긴 마을은
흑백 풍경의 기억이 짙다.
두서넛 모인 빨래터와 방앗간,
한 짐 지고 건너는 언 강,
북진나루 고운 자갈이 잠긴 곳.
원대리 대추나무 방흥리 살구꽃도,
흙 고를 논밭도,
돌담 초가도 묻고 떠난 사람들은
강가에서 마지막 봄을 보냈다.

고단한 시간이 흐르고
고향도 아련하게 흘렀다.

단원 김홍도의 그림을 마주한다.
뱃사공 노 저어 오고,
사람들이 기슭에서 기다린다.
세 바위섬도 옥순 봉우리도
다시금 높이 솟는다.

충북 단양 도담삼봉

푸른 비

연동마을 녹우당 고택의 푸른빛이
시에서 그림으로 내려 흐른다.

고산 윤선도의 시를 읽는다.
은거의 숲에서
소나무와 물과 바위 바라고 향하며
우리글로 벗이라 노래했다.
시에서 그림 앞으로 선다.
공재 윤두서는 산과 들에 민초를 품었다.
나물 캐고 밭 일구며
나무 깎고 돌 깨는 모습 가까이 살펴
새로이 그림을 열었다.

마을의 오랜 가게에 연기 오르고
수선화 가지런한 밭길 지나니
저무는 빛이 산을 넘는다.

전남 해남 녹우당

나무와 돌탑

물소리 들려 산길 바위에 앉았다.
부딪고 소용돌이 일더니
바위 넘어 맑은 빛으로 부서져 내린다.

백담사 뜰에 은행나무가 섰다.
나란히 서며 낙엽 스치며,
지나는 이들이 나무를 담는다.
한 스님이 두 손 모으고
낙엽 둘러 나무를 올려본다.
하늘 닿는 가지에
설악의 검푸름이 흘러든다.
나무가 잎을 떨군다.
바람이 차다.

강원 인제 백담사

맑은 빛 내리는 벤치에서 길 저편을 향합니다.
빛에 가린 창 안의 일상과 지나는 사람들의 물결과
스치는 바람 소리가 삶이라는 짙은 풍경을 그립니다.
길 위에서 가만히 바라봅니다.

길이 흐릅니다.
들판을 건너 긴 강을 따르고
문득 솟는 깊은 산 둘러
모이고 갈라지며 마을을 지납니다.
굽이 흘러온 길은 깊숙이 들어
먼 시간의 오랜 빛에
지금 여기의 빛을 더하며 나아갑니다.

오늘의 길을 나섭니다.
길 그 너머를 헤아리는 여정에서
바라고 향하며
갈림길에서 엉키어 돌아서며
보이지 않는 길을 에워 돌아 들어섭니다.
걸어온 길은 삶을 받아 안고 나아갑니다.

모두의 길이 흐릅니다.